助手席の犬

Orishima Mitsue 折島光江句集

ふらんす堂

「エク」と夫と睦まじく——折島光江句集『助手席の犬』の豊かな世界

折島家に「エク」が来た。一九九四（平成六）年の春のこと。ちょうどこの日は春分の日。英語で「スプリング・エクイノックス」。そこで「エク」と名付けたという。

夫の正司さんが夏休み中であった。都立大近くに浦安から引越して間もなくのことである。光江さんははじめての引越しですっかり疲れてしまい、少し鬱っぽくなってしまった。それがなかなか治らない。友人が精神科医をしていたので相談したところ、気分転換に「犬でも飼ったら……」とアドバイスしてくれた。子どもがいなかったご夫婦は「それもいいかも……」と思った。

早速、近くのブリーダーに行き、メスのトイプードルを飼うことにした。そして「エク」は折島家の家族になった。それがよかった。彼女が来てから光江さんの鬱はぐんぐんと回復していった。

助手席の犬睡りをり春の雲

題になった句だ。

二年後の春。住いの京王永山駅前で「多摩毎日文化教室」の「俳句と遊ぼう――漱石の俳句」という講座がはじまった。光江さんも参加することにした。それが石寒太の俳句入門である。私は、すぐに俳句をつくりはじめるのは、なかなかむずかしい。夏目漱石の俳句に親しんでもらい、それを手がかりにそれぞれの参加者にご自分の俳句をつくりはじめてもらおう、そう考えたのである。

そこに参加したのは、折島光江さんはじめ五・六人であった。が、いまその中で残っているのは、光江さんただひとりである。

犬を迎えてから折島さんご夫妻の生活は一変した。何をするにも「エク」が中心、散歩はもちろん、旅行も彼女といっしょ。ご夫妻の間にいざこざが生じても、犬が仲直りさせてくれるようになった。

仲裁は犬の役目や白木槿

ふたりにとって「エク」は、かけがえのない存在になった。もう犬がいない日常は考えられない毎日になっていった。

が、人間と同じように犬にもいのちに限りがあった。とうとう十五年の間に「エク」も衰えていった。それまで午に一回は必ず犬のクリニックに通ってきたが、十五年経って心臓肥大を患った。最期は甘えきって光江さんの腕の中でしずかに目を閉じた。

麦の秋ちひさきいのちをはりけり

段ボールの棺つくりし夏の夕

よくいわれているように、光江さんも一年ほどペットロスに陥った。やがて腹痛や腰痛など、体のあちこちに障害が出て苦しんだ。

退院の決まりし声や夏の星

ストレスのひとつはおのれ蟬時雨
胃のなかを見せられてをり玉霰

ことばはいえない「エク」。なのに光江さんとは何でも通じ合ってきた。彼女とはことば以上の会話をしてきたのである。彼女が具合の悪かった時のことなど、いろいろの思い出が蘇ってくる。もっとやさしくしてやればよかった、とか。もっと好きなものも十分に食べさせてやりたかった、とか。やさしくいっしょに遊びたかった、などなど……。やり残したことが悔まれ、いまでもいくつかのことがここ ろ残りであるようだ。

私はじめ、そのころは皆本当に心配した。中でもいちばん心を気遣ったのは、一ノ木文子さんだろう。永山俳句教室が終わり、私は仕事や多摩までの遠距離がつらかったこともあり多摩から遠ざかってしまった。その後を引き継いで「炎環多摩句会」を立ち上げ、ひろげてくれたのは一ノ木文子さんである。一ノ木文子さんとそれを助けつづけた相棒・折島光江さん、このふたりがいなかったら今の句会はなかった。その会は今や三十人ほどの仲間が集い、「炎環句会」の三十六ある句会の中でももっとも古く活発につづいている。ふたりには感謝の気持でいっぱいである。

さて、この句集には、冒頭に述べたように「エク」の句が多い。

薄氷をこはすや小さき犬の鼻
犬の目のいつも真剣二月尽
墓の前犬にかざせる白日傘
梅雨の閑犬の背骨のゆがみをり
こほろぎも命あるよと犬に言ひ
北風へ犬の三角疾走す
鰤雑煮犬の目いよよまんまるし

犬の句の次に多いのは、もちろん夫・正司さんを詠んだ句。この句集をつくるきっかけになったのも、「そろそろ句集を纏めたら」という彼の一言によって決心したという。ふたりは本当に周囲からみても、いいおしどり夫婦である。他の句会が終わった帰りの「きょうは夫が駅まで迎えに来てくれるから……」そういうことばを私も皆も、何度聞かされたことであろうか。

ご主人・正司さんとは、一九七一年に就職先の会社の同期入社で知り合った。その後彼は、会社を辞め大学院に通い大学で教鞭をとるようになった。俳句はつくらないけれど俳句のことには何でも相談にのってくれる。大変仲良しではあるが、お互いにそれぞれの世界観を大切にし、尊敬し認め合っている、という。理想的な関係で、うらやましい限りである。

ここで、ご主人正司さんを詠んだ句をいくつか注目してみよう。

春暁やコーヒー淹るる夫の音
夫かるく投手のしぐさ花菜風
力こぶ比べてゐるや椎若葉
夫の撮る鳰の浮巣のひそやかに
アイスクリーム夫に内緒の午後の底

文月かな相槌を打つタイミング
おもひきりいひあふ仲や葡萄食ぶ
夫の背案山子にまぎれ消えにけり
いつまでの意地の張り合ひ衣被
ふつきれし夫のひと言秋まひる
生返事の夫へ甘鯛かんばしき
木枯しや我の歩幅に歩く夫
決め台詞言ひそびれたり冬の鵙
年の市買はずに帰るふたりかな
大歳の庖丁夫へ渡しけり

どの句をみても、夫の正司さんへのやさしい視線が感じられ、可愛らしい光江さんの愛情が伝わってきていい。

さて、一からはじめた光江さんの俳句生活も、改めて訊《き》いてみると、すでに二十五年を経たという。それを聞いて私は驚いてしまった。彼女とは、本当に昨日会ったような気持で、ごく自然の交流であった。歳月の速さにびっくりする。
コロナ禍の前は、多摩句会の何人かで目黒の自然教育園・佃島・小石川植物園・池上本門寺・神宮外苑など……。東京近郊の日がえり吟行を楽しんできた。そんななかからのいくつかの句もある。

冴え返る国際フォーラム展示場
山門のまんなか五月の風吹けり
楸邨の蟋蟀《はたはた》の句碑バッタ来る
冬の蝶我が影の縁ただよへり

など、日々の厨の句では、

やはらかき真夜のありけり梅匂ふ

など。ふと浮んだ句を書きとめている。

一ノ木さんもそうであるが、彼女の句には、頭でつくった想像の句はほとんどない。自分の目を信じ、自分の心に触れた句しかつくらない。それが彼女の俳句。だからどの句も手堅い把握が表出されている。

むかしは蜘蛛をはじめ、小さな虫などが嫌いだったらしい。それが俳句をはじめてから、

真昼間のちひさきちさき蜘蛛殺め

など、トイレにいる蜘蛛なども対象として句に詠むようになった。句をつくる対象のものやことをすっきりとしたことばにして、なるべく読者に負担をかけすぎないようにしている、という。そんな日常の句をいくつかあげてみる。

体ごとぶつかつて来し春立てり
三つ目の今朝の失敗春の空
虫メガネと文鎮ふたつ鳥帰る

朧の夜ひかがみ触るる指の先
体重のグラフ凸凹よなぐもり
しやぼん玉こはれ未来の端にをり
豆の花カルボナーラの皿ふたつ
石蓋の欠けたる暗渠草若葉
花槐診察までの三時間
クローゼットの奥の恋文夕焼くる
露草や買ひ足してゐる非常食
揚げたての秋茄子スリランカカレー
十六夜の反戦メールありにけり
明日のある日常が好き青木の実
終活の箇条書きかな落花生
極月のひとりの食事ようく嚙む

最後に、好きな俳人は？　と訊いてみた。すると、久保田万太郎・池田澄子・西東三鬼などが返ってきた。これらの好みの傾向をみても、まだ一貫はしていない。

衝立の裏のソファーや三鬼の忌

これから光江さんは、まだまだ壁にぶつかりつつ、自分のスタイルを少しずつひろげ、あるいは崩しながら、いままで見過していたものをしっかりと見留めて句にしていくことだろう。そのためにもここではじめての句集を刊行できたことは、本当によかったと思う。いまはそこへたどりつく一歩を踏み出したところである。

これからさらに折島光江さんの句が、どのように独自の俳句世界へ展開していくのか、楽しみにして期待している。

二〇二三年師走

石　寒太

「助手席の犬」目次

句集　助手席の犬

春の雲

やはらかき真夜

体ごとぶつかつて来し春立てり

たましひは黄河上空春浅し

薄氷をこはすや小さき犬の鼻

介護士のＬＬエプロン春はじめ

冴え返る国際フォーラム展示場

喉の奥むずむずむずと春寒し

あとかたなき防空壕や白椿

鶯や町にひとつのパン工房

コントラバス運ぶ男や雲雀東風

青空やぽつりぽつりん梅の花

大学の門をくぐりし初蝶よ

空恋ふるをとこみそらへ春の雪

呉服屋のＦＩＮＡＬ ＳＡＬＥ花ミモザ

料峭や電線工事のゆるる空

八の字の河馬の前歯や春北風

山茱萸の空のうす雲流れけり

やはらかき真夜のありけり梅匂ふ

整骨院の窓へ大きなぼたん雪

新人の野太き声や凍戻る

クリスタルの盾たまはりし春時雨

うぐひすや閉ざされてゐし登り窯

山塊のものみな芽吹きそむる音か

神さまの決めし順序よ春一番

牡丹の芽つまんでたべてしまひたし

犬の目のいつも真剣二月尽

指運動の向かひの男メトロ春

絵葉書のどれにしようか山椒の芽

スプーンの先

眉間よりこはばつてくる春の泥

春風駘蕩スプーンの先の蜜

言ひよどむ癖のなほらず黄水仙

皿の数十人分や水温む

蛇穴を出づＡＴＭの列に蹤く

見なれたる後姿や春真昼

むすび食ふ視界の端の熊ん蜂

助手席の犬睡りをり春の雲

無垢板のテーブルの上はうれん草

失語症にことばのひとつ春の雷

俳号のやうな本名桃の花

春びより音の満ちくる和紙の里

アメーバのやうなる袋春疾風

雛段の暗がり好きな老犬よ

巻き舌のRの練習花蘇芳

干鰈はちきれさうなふくらはぎ

ジゴクノカマノフタとりとめなき話

春暁やコーヒー淹るる夫の音

三つ目の今朝の失敗春の空

春の雨タイムカプセル記念の碑

街どこも長方形や涅槃西風

踏台の螺子のゆるみや黄砂降る

三椏の花やおとがひ集まれり

衝立の裏のソファーや三鬼の忌

閉ざされしアンティーク店木の芽風

野遊びの尻にごつごつ革鞄

歳時記の栞ふたつや春灯

六地蔵のせまき三叉路初つばめ

狛犬の掌に大き毬花吹雪

全身のストレッチ終へ陽炎へり

虫メガネと文鎮ふたつ鳥帰る

雲の図鑑

末つ子の肩の尖りや入学す

大人ふたり犬いっぴきの花見酒

朧の夜ひかがみ触るる指の先

夫かるく投手のしぐさ花菜風

花ぐもりライ麦パンの酸味かな

主語抜きの会話の続き蛙の子

寄り道のいつもの神社リラの花

体重のグラフ凸凹よなぐもり
からっぽのスクールバスや花の雨

しやぼん玉こはれ未来の端にをり

カメレオンの舌に骨あり遅日かな

聞き役に飽きてゐるなり木瓜の花

忘らるる百科事典や春の雪

青木の花や引率に抱きつく子

鬣に癖ある馬や竹の秋

豆の花カルボナーラの皿ふたつ

青き踏む靴に雲の図鑑かな

泡だたぬ手作り石鹸鳥曇

三椏の花眠くなる午後三時

かたくりの花や無口のままがいい

春あらし猫薄目して動かざり

桜蘂降る大道芸の円の中

遠足の列へ大きな風吹けり

春の月ひっくり返すチヂミかな

まむしぐさ角度変へつつ向きあへる

花楓解説好きの太き眉

行く春や骨董市の陶の象

藤の花取り壊さるる校舎かな

首かしぐる女の癖よ花みづき

ｉＰｏｄのグレン・グールド春惜しむ

丹田にかるく力や山桜

石蓋の欠けたる暗渠草若葉

洗濯槽洗つてゐたり昭和の日

明日捨つる本読んでをり暮の春

鳰の浮巣

つむじふたつ

とんかつのカリッと揚がりこどもの日

長脚立はこぶをんなや余花白し

コンビニの列に警官卯月かな

返事なきメールのひとつ守宮啼く

黒髪の子の跳箱や夏の朝

初夏のつむじふたつのをのこかな

夕虹やアメリカ行きの大鞄

花槐診察までの三時間

新緑のケーブルカーの傾斜かな

麦の秋ちひさきいのちをはりけり

段ボールの棺つくりし夏の夕

真夜中の鎮痛剤や梅太る

夏めくやぎつしり並ぶメロンパン

額の花三角関係をはりけり

物忘れ防止の日記帳薄暑

罌粟の花目覚めの遅きプリンター

葉桜や川原へ長き影おとし

山門のまんなか五月の風吹けり

オルガンの鍵盤黄ばみ著莪の花

ページ繰る鼻先の汗ぬぐはざり

新樹光墨する匂ひいづくより

嬰の目のたひらな笑ひ五月空

ばらの香や眠れぬ夜のヨーグルト

力こぶ比べてゐるや椎若葉

墓の前犬にかざせる白日傘

雨空の重さ支へし朴の花

水鉢の萍の影午後深し

天窓へ豆柿の青こぼれけり

馬用の刷子

万緑の森へひとりの空想家

クローゼットの奥の恋文夕焼くる

棒のごと子をかつぐ母夏の浜

我が五指のひらくや山椒魚の前

梅雨曇はめ絵のごとき窓の猫

石棺の縁の凹みや黐の花

夫の撮る鳰の浮巣のひそやかに

パンの耳ばかり食べる子花柘榴

抽出しの隅の鉄筆日雷

がまずみの花や水輪の湧きつづく

馬用の刷子のセット夏落葉

尺蠖や負けず嫌ひな子のひとり

梅雨の閑犬の背骨のゆがみをり

真昼間のちひさきちさき蜘蛛殺め

アイスクリーム夫に内緒の午後の底

ちんどん屋のやつてくる卯の花腐し

トートバッグ突き出てゐたる捕虫網

ひづめ跡たどりし昼や夏木立

片蔭へひとりふたりよ三人目

六月やうす桃色の馬の舌
アイスティー見え隠れする本音かな

だれもゐぬサッカー場や夏つばめ

打水の高尾の空へかへりけり

夏うぐひす手帳へうつす旅予定

コンパスを大きく回し青林檎

海底を歩いてゐたり白菖蒲

臍曲ぐる翁へ日傘さしかけし

詫状のすみに猫の絵夏至の夜

手の蟬を鳴かせてゐたる男かな

退院の決まりし声や夏の星

短夜やあと一枚の貼り薬

たうとつに首振る馬や夏野原

虎が雨ぬるき温泉午後の黙

クローゼットの大き鏡や閑古鳥

少年の膝のかさぶた栗の花

忘れたきことのひとつやえごの花

百人の目

大南風腕立て伏せの底にをり

はかりごと漏れてゐるなり夏の月

童顔の電気屋来たり青嵐

目印の先生赤き夏帽子

ほととぎす人ごゑ遠くしてゐたり

遠雷や積み木の家のどこまでも

本心を聞き逃したり青葉木菟

ぎりぎりの笑顔こはるる大暑かな

ストレスのひとつはおのれ蟬時雨

電線の網の目の空土用入

径深き尿前の関夏の空

一匹の蟻真昼間の道迷ひ

黴の夜大きな文字のファックス来

絵日記の枠はみ出せり大花火

水無月の百恵のアルトラジオから

揺り椅子にもたれてゐたり百合の花

壁打ちのフォーム乱れず朝ぐもり

不細工なおにぎりふたつ夏の雨

百人の目の並びをり冷房車

咆えてゐる土偶一体夏盛ん

俎板の夏の終はりの水を切る

空蟬のそばにひとつの蟬死せり

スパイスの瓶の並べる晩夏かな

合歓の花青信号の短かり

七月や紙ナプキンに別れの字

涼しさや鉄瓶底の古き銘

打水の腰低くして打ちにけり

段ボールの椅子のきしみや夏の果

百日紅見慣れし文字の「またいつか」

良夜

プリズムの瑕

仲裁は犬の役目や白木槿

ストレッチ腕より始む今朝の秋

ややうくに地下鉄出口ねこじゃらし

秋はじめ狂はぬものに腹時計

殺生のあとの指さき秋暑し

酔芙蓉漂白剤のやうな人
文月かな相槌を打つタイミング

台風圏甕にたつぷり水張れり
をみなへし記号ばかりのメール受く

ジーンズの小さきほころび終戦日

露草や買ひ足してゐる非常食

揚げたての秋茄子スリランカカレー

感嘆詞の多き手紙や初嵐

走り根の十文字なり法師蟬

プリズムの小さき瑕や秋気澄む

楸邨の蟋《はた》蟀《はた》の句碑バッタ来る

子の描く巨いなる丸星祭

堂縁の土足厳禁萩の雨

ひぐらしの近づいてきし登り坂

軽石の減りゆくかたち盆の月

おもひきりいひあふ仲や葡萄食ぶ

月代や帆布の椅子にねむる父

聞き流す母の叱責秋海棠

星月夜ガラスの犬のしっぽ欠け

焦点の合はぬまなこや棉吹ける

立ち話のまた一人抜け鰯雲

ひろきてのひら

葛の花うつむきし子の鋭き眼

湯上りの母のくるぶし九月来る

をがたまの実の匂ふかに雨ふれり

こほろぎも命あるよと犬に言ひ

夫の背案山子にまぎれ消えにけり

象の耳ばかり描く子や秋の雷

集中力なくなる午後や蕎麦の花

T字路の先のT字路吾亦紅

塩味の林檎のウサギ誕生日

少年のひろきてのひらやんまの死

二日月青き花瓶のすけてきし

きつねのかみそりおててつないで磴のぼる

牛小屋の出口あかるし赤まんま

補習室の墨のにほひや萩の花

爽やかやクレープの円たたまる

慰謝料の命の重さ一位の実

塀の穴覗く子の尻赤とんぼ

いつまでの意地の張り合ひ衣被

秋うらら馬屋の表札ありにけり

直角に曲がる廊下や秋彼岸

遠慮なき口論つづくマスカット

コスモスを抜け来て後ろ歩きかな

新生姜叔母を説得してゐたり

色鳥や建築中のログハウス

ふつきれし夫のひと言秋まひる

監督の口の尖りやいぼむしり

奉納の綱の太太秋の雨

無口なる父の禿頭菊真白

知り合ひの犬みな老いし秋日和

口笛のだんだん遠く野分中

危なげな自転車の僧秋高し

マニキュアの蒔いてゐるなり罌粟の種

鬼の子の眠たげな貌ねむくなる

秋夕焼度忘れしたる合言葉

鶏頭花古き句帳の付箋かな

エスカレーター七つ乗りつぎ今日の月

右こぶし振りあげてゐる案山子かな

秋冷や測られてゐる臍まはり

貝塚の貝のひとつや新松子

倒木に座つてゐたる良夜かな

十六夜の反戦メールありにけり

終活の箇条書きかな落花生

地下鉄の太き柱や九月尽

だれもゐぬ約束の場所蜈蚣とぶ

蜻蛉の好きな車の把手かな

再会の言葉

年輪の歪みし円や秋日燦

どんぐりのころがつてゐる駐車場

秋晴のあたまの鈍き朝かな

間取図へ描き足す家具や雁来紅

十月の街十字路の肩車

再会の言葉少なし檀の実

原稿の催促メール十三夜

大空へたましひの溶け花野かな

流星や出窓の壺の口いびつ

黒塗りの車のゆくへ秋の蝶

団栗の濡れてやさしくなりにけり

少し開く暗室のドア秋時雨

冬隣音信とだえ三年目

蓑虫の頭の少し見えてをり

ペンギンの仰ぎてゐたり秋の雲

インターフォン鳴るなり釣瓶落としかな

北風

含み笑ひ

夕しぐれ整体予約あと一分

枇杷の花脳の歯車噛みあはず

あやふやな糸口ほぐれ今朝の冬

校正の一字一句や花柊

冬めくやどこを向きても長き坂

ひとことのひつこみつかず花八手

生返事の夫へ甘鯛かんばしき

枯芙蓉いびつな頭ぬつと出で
分けあひて読む朝刊や神無月

交番の裏の広場やピラカンサ

冬の日の手術室前椅子三つ

朝よりの重きうなじや返り花

木枯しや我の歩幅に歩く夫

キルケゴールに似た名のくすり神の留守

懸大根半分は日を浴びてをり

川原の姿よき石十一月

占ひを信ずるをのこ冬紅葉

花鋏器用に動き小春かな

冬晴や含み笑ひの鬼瓦

しぐるるや忘れぬためのメモ忘れ

銀輪のたてかけてあり冬の凪

雪催ひ大きあくびの赤ん坊

名案の浮かばぬ卓や冬林檎

蹴轆轤のまはりのうつろ三十三才

旅鞄へ六種のくすり冬銀河

大き眼の黒セーターの整体師

決め台詞言ひそびれたり冬の鵙

着ぶくれの顎

風花や乗り継ぎ駅のきつね蕎麦

母の家へきびす返しし冬の月

冬ざれや宝石店の大玻璃戸

梟や見当はづれの返事され

水切りの石探しをり冬の海

北風へ犬の三角疾走す

古本屋街居所わかる夫の咳

通勤電車着ぶくれの顎ページ繰る

早退を耳打ちされし虎落笛

大枯野一歩踏みこみ戻れない

明日のある日常が好き青木の実

枯蟷螂全身空を搔いてをり

かいつぶりとまつてゐたきひとところ

冬あたたか小松左京のこまかき字

胃のなかを見せられてをり玉霰

約束のいちにち遅れ冬日向

表札の文字のひらがな藪柑子

十二月同時に届く箱ふたつ

冬の蝶我が影の縁ただよへり

後ろ手に歩きはじめし漱石忌

だんだんに小声となりし冬野原

極月のひとりの食事ようく嚙む

落ち葉踏むひかりをふんでゐたりけり

短日や肩ごしにみる陶器市

石蕗の花見知らぬ人の会釈かな

初雪や砂場に大き山ひとつ

肩書のなき名刺受く木の葉雨

知らぬ顔混じる井戸端会議冬

行く年の天辺にゐる観覧車

酸素マスクはづす父の手冬日差し

年の市買はずに帰るふたりかな

冬木立太極拳の型ひとつ

年暮るる五十五歳の反抗期

気に入りのマグカップ欠け霙かな

鉛筆の芯とがらせて年用意

大歳の庖丁夫へ渡しけり

案内状あけずにゐたる日向ぼこ

しきりやのふたり揃ひし大晦日

鏡の底

霜柱先に踏まれてしまひけり

あつあつの大根に箸入れにけり

寒の入り鏡の底のわれひとり

エコバッグの仏蘭西麺麭や風冴ゆる

野良のコロもミケもをらずや寒旱

フィルム貼る厨の玻璃戸雪明り

えんえんと地下道のある寒さかな

冬ざくら声出すための滑り台

寒林の枝それぞれの向き持てり

遺句集の付箋のあまた笹子鳴く

大寒やてゆふか・みたい・カレシとか

をがむやうにもの食ふラッコ冬深む

忠敬の実測地図や四温光

不機嫌の鏡とぢゐし葱きざむ

冬の朝富士のしろさを拝みけり

秘密基地子の入りゆく深雪晴

侘助や下りの苦手な膝頭

よく舌のまはるをのこや冬菫

春待てり円空仏の顎の反り

馬の目のもの言ひたげや春隣

若水

若水や俎板のくぼみ美しき

読みさしの本の三冊去年今年

鰤雑煮犬の目いよよまんまるし

重なりし染付の皿大旦

鉛筆削り捜す男の二日かな

初夢の犬に遇ひしがよその犬

爪立てて内蓋あける三日かな

羽子板の顔たしかむる天袋

組みなほす足銀行の四日かな

部屋ごとに虫めがね置く松納め

人日の鏡の指紋ふいてをり

谷戸谷戸の小さき橋の七日かな

女正月スルメの足の旨かりし

福寿草ネイルサロンの自動ドア

買初めの群かはしつつ鍼治療

あとがき

多摩毎日文化教室の「俳句と遊ぼう」という講座に何の気なく通い始め、遊びのつもりで俳句を作っていたのですが、それがいつの間にか遊びから本気になって作句する自分がいました。俳句というものを作ることが日々の習わしになっていったのです。その過程では、迷ったり行き詰まったり、やめようと思ったりした時もありました。でも時々満足のいく句ができると嬉しくなり、楽しくもあり、更によい句をと俳句に関わっているうちに、気がついたら、二十五年の月日が経っていました。そして、その足跡を何らかの形で残したいという思いがふつふつと湧いてきたのです。

今回、句集としてまとめるにあたり、これまでの句を読み返してみますと、その時々のことが蘇ってまいりました。その時の景色、その時ご一緒した方々などが思い出されるのです。俳句というのは、そういう力があるのだと改めて思ったことでした。

「俳句と遊ぼう」の講師は石寒太先生でした。おかげで「炎環」というおおらかで活気のある結社に巡り合えたのは、とてもしあわせだったと思います。

今までも今回の句集においても、多くの皆様のお力を賜りました。寒太先生には、俳句を作り始めたころから丁寧にまた時に厳しくご指導をいただき、そして今回は身に余る温かい序文をいただきました。心から御礼申し上げます。一ノ木文子さんには、多摩毎日文化教室のあと「炎環多摩句会」の立ち上げからご指導いただき、細かなところに至るまで教えていただいております。また、句集を編むのを最初から最後までつぶさに見てくださり、すっかりお世話になりました。ありがとうございます。

最後になりますが、この本を手に取ってくださった全ての皆様にお礼を申しあげます。また、私の拙い句を批評してくれる夫の正司に感謝します。

二〇二四年一月

折島光江

著者略歴

折島光江（おりしま・みつえ）

一九四八年　東京都生れ
一九九六年　「炎環」入会
二〇〇三年　同人
現代俳句協会会員

現住所　〒206-0031　東京都多摩市豊ヶ丘三―五―二―二〇八

句集　助手席の犬　じょしゅせきのいぬ

二〇二四年二月八日　初版発行

著　者——折島光江
発行人——山岡喜美子
発行所——ふらんす堂
〒182-0002 東京都調布市仙川町一—一五—三八—二F
電　話——〇三（三三二六）九〇六一　FAX〇三（三三二六）六九一九
ホームページ http://furansudo.com/ E-mail info@furansudo.com
振　替——〇〇一七〇—一—一八四一七三
装　幀——君嶋真理子
印刷所——日本ハイコム㈱
製本所——㈱渋谷文泉閣
定　価——本体二六〇〇円＋税
ISBN978-4-7814-1633-5 C0092 ¥2600E